COLLECTION D'UN ARTISTE PEINTRE

DESSINS - ESTAMPES - LIVRES

N° 181 du Catalogue.

Vente des 30 Novembre et 1er Décembre 1905

HOTEL DROUOT — SALLE N° 10

Me RENÉ LYON　　　　M. GOSSELIN

IMPRIMERIE

FRAZIER-SOYE

153-157, rue Montmartre

PARIS

COLLECTION D'UN ARTISTE PEINTRE

Estampes Anciennes

DE TOUTES LES ÉCOLES

PORTRAITS FRANÇAIS & ÉTRANGERS, VUES

PAYSAGES

ÉCOLES ANGLAISE & FRANCAISE

DU XVIIIe SIÈCLE

PARTIE DE L'ŒUVRE DE P.-P. RUBENS

SOCIÉTÉ FRANÇAISE DE GRAVURE

PARTIE DE L'ŒUVRE DE WILLIAM HOGHARTH

ORNEMENTS

BOIS ANCIENS d'après A. DURER, RUBENS, etc.

13.000 Gravures en lots de toutes les Écoles.

Dont la Vente aura lieu à

L'HOTEL DROUOT, SALLE N° 10

Les Jeudi 30 Novembre & Vendredi 1er Décembre 1905

A 2 HEURES PRÉCISES

Par le Ministère de Me RENÉ LYON, Commissaire-priseur
29, Rue Lepeletier

Assisté de M. GOSSELIN, Marchand d'estampes, Expert
57, Quai des Grands-Augustins

Exposition Publique

Le Mercredi 29 Novembre, de 1 heure et demie à 6 heures.

CONDITIONS DE LA VENTE

Elle sera faite au comptant.

Les acquéreurs paieront *dix pour cent* en sus des enchères.

L'exposition mettant le public à même de se rendre compte des estampes et dessins, aucune réclamation ne sera admise, une fois l'adjudication prononcée.

A partir du 20 Novembre, MM. les Amateurs pourront voir les dessins et estampes catalogués de 9 heures à 11 heures et de 2 heures à 4 heures, chez M. GOSSELIN, 57, *quai des Grands-Augustins.*

M. GOSSELIN remplira les ordres des personnes qui ne pourraient pas assister à la vente et se réserve, en outre, la faculté de diviser ou de rassembler les lots.

1er jour. — *Nos 1 à 243.*
2e jour. — *Gravures en lots.*

N° 180 du Catalogue.

DÉSIGNATION

BONNET (Louis-Marin)

1. — Tête de Minerve. Sur papier gris, avec rehauts de blanc. Rare.

CHARDIN

2. — La Gouvernante (E. B. 24). Superbe épreuve, rognée sur 3 côtés.

CHARDIN (J. B. S.)

3. — La Mère laborieuse (E. B. 35). 2e état, la marguerite sur le parquet près du dévidoir, à gauche, est ombrée. Belle épreuve, marges du cuivre.

DEBUCOURT (P. L.)

4. — Le Compliment, ou la Matinée du Jour de l'an (M. F. 15). Superbe épreuve, petites marges, légèrement épidermée dans le coin de droite en bas.

5. — La Bénédiction paternelle, ou le Départ de la Mariée (M. F. 50). Superbe épreuve en noir sans marges.

Dans cette curieuse estampe, Debucourt a employé le burin, l'eau-forte, la mezzotinte, l'aquatinte en liqueur.

6. — Le Bain de Daphnis et Chloé, d'après P. P. Prud'hon (F. 133). Superbe épreuve en bistre.

7. — La Soif de l'Or (F. 134), d'après P. P. Prud'hon. Superbe épreuve en bistre. Rare.

DEMARTEAU (G.)

8. — Les 2 premières estampes à plusieurs crayons. Très belles épreuves.

9. — 5e estampe à plusieurs crayons. Très belle épreuve (de L. 152).

10. — Jeune Fille de profil à gauche, une mouche à l'œil gauche, le chapeau en arrière, ruban noué sous le menton, d'après Frédou (de L. 422). Très belle épreuve.

FRAGONARD (H.)

11. — Monsieur Fanfan, jouant avec Polichinelle et compagnie. Très belle épreuve.

12. — La Mère de Famille, par A. Romanet. Très belle épreuve, marges.

FRANÇOIS (Jean-Charles)

(1717-1769)

13. En-têtes d'Etudes, d'après Frédou, tirées en bistre.

François est le père de la gravure en manière de crayon.

FREUDEBERG (S.)

14. L'Evénement au Bal Le Coucher. Deux pièces. Gravures en manière noire, éditées à Londres par C. Bowles. Très rares.

GREUZE (J. B.)

15. — Le Petit Frère, gravé par Lucien, en sanguine. Belle épreuve.

16. — La Fille pensive (H. B. 6), par Ingouf le Jr. Belle épreuve avec marges.

HUET (J. B.)

17. — Ce qui est bon à prendre est bon à garder, par Chaponnier. Belle épreuve, rognée.

18. — La basse-cour, par Bonnet.

HUBERT-ROBERT

19. 2 pièces des "Griffonis" en bistre, 1er état. Belles épreuves, une rognée.

LANCRET (N.)

20. — La Soirée, par N. de Larmessin. Belle épreuve, marge du cuivre.

21. Les 4 Saisons, gravées par de Larmessin. Superbes épreuves, petites marges.

22. — **Les éléments :** L'Air, la Terre, l'Eau et le Feu. 4 pièces par Tardieu, C. N. Cochin, L. Des Place et B. Audran. Très belles épreuves.

LE PRINCE

23. — Le Repos. Superbe épreuve à l'aqua-tinte, en bistre.

MALLET

24. — L'Hymen sacrifiant à la Divinité, l'Innocence conduisant l'Amour dans les bras de la Fidélité, pièce remarquable du style empire ; le Bain, le Jour des noces, la Somnambule, 5 pièces en couleur. Très belles épreuves.

MONNET

25 — Jupiter et Antiope, par Vidal. Epreuve du 1er état, la tablette blanche et avant les changements. Superbe épreuve.

26. — Renaud et Armide. Superbe épreuve avant la lettre, par Vidal, avec les mêmes remarques.

27. - Vénus et Adonis. Epreuve de tout 1er état, avec la tablette blanche et avant les changements, gravée par Vidal. Superbe épreuve.

NATTIER

28. — Madame de *** en Flore. Portrait présumé de Mme de Pompadour, par Voyez le Je. Superbe épreuve sans marges.

NATTIER (J. M.)

29. France (Madame Marie-Henriette de), par J. Tardieu, symbolisant le Feu. Belle épreuve, petites marges.

WATTEAU (A.)

30. La Rêveuse, par Aveline (de G. 88). Très belle épreuve, marge du cuivre.

31. — Femmes au bain. — La déesse Thvo-Chvu. 2 pièces.

32. — La proposition embarrassante (de G. 158), gravée dans le sens inverse de l'estampe de Tardieu, par Keyl. Belle épreuve.

33. — 28 pièces des études, 9 par Tilleul.

34. — 20 pièces des études paysages, militaires, têtes d'expressions. Très belles épreuves.

35. 21 pièces des « Etudes ». Superbes épreuves.

PORTRAITS

ALLEMAGNE

36. — Bause et Graft — 22 portraits dont ceux du peintre et du graveur. Très belles épreuves.

37. — Charles VII empereur des Romains, d'après G. de Marrès, par J.-A. Pfeffel, in-folio en manière noire. Très belle épreuve.

38. — Ferdinand, Cte de Plettenberg, d'après M. de Mettens, par Johan Stenglen, à la manière noire. Belle épreuve.

39. Z. Richeter, d'après Oeser, par Bernigeroth, in-folio ; Johan. F. Funger, d'après Ramberg, par Lallée, Johan de Eberz, d'après Kupezki, par Preisler. 3 pièces in-folio.

40. Elisabetha Augusta, par J.-G. Huck, à la manière noire — Frédéric Guillaume II, par Schrœder — Le même, en pied et en armure, par G.-P. Bush — Brunswick (duc de), Auguste Guillaume et Lunebourg (duc de), en armure et tenant son bâton de maréchal, d'après Brunsi, par Faber. In-folio, 4 portraits, le premier à toutes marges.

41. — Jean Elie Ridinger, d'Augsbourg, peintre et graveur, représenté assis dans son atelier, un porte-crayon à la main, gravé en manière noire par son fils. Très belle épreuve, rare.

PIERRE VAN SOMPEL (1600 né en)

42. — Allemagne : Mathias Ier, Charles V, Maximilien Ier, Maximilien II, Ferdinad Ier, Ferdinand II, Ferdinand III et Rodolphe Ier. 8 pièces. Très belles épreuves.

43. — 140 portraits divers : savants, hommes d'état, artistes, etc.

ANGLETERRE

44. — Famille royale : Guillaume III, par Verkolje, assis, en grand costume d'apparat avec l'ordre de la jarretière. Belle épreuve—Georges, roi d'Angleterre, médaillon ovale, par Gole. Très belle épreuve. 2 pièces.

45. — Marie, reine d'Angleterre, tenant son éventail, par N. Visscher — La même, en pied, d'après P. Lelly, par Browne, in-folio. 2 pièces. Très belles épreuves.

46. — Louise-Marie, Princesse de la Grande-Bretagne, d'après S. Belle, par F. Chereau. Bonne épreuve.

47. — Georges III, en buste, d'après T. Frye, par W. Panther — Le même, d'après Zoffany, par R. Laurie. 2 pièces à la manière noire. Belles épreuves.

48. — Charles, Prince de Galles enfant, la main droite désignant un point sur la sphère. Beau portrait, mais sans marge, et frotté.

49. — La duchesse de Monmouth assise entre le comte de Doncaster et Lord Henri, d'après Kneller, par John Smith (C. S. 152). Belle épreuve — Lord Henry Scot, fils du duc de Monmouth, d'après Closterman, par W. Faithorne. 2 pièces. Belles épreuves.

50. — Lord Euston enfant (C. S. 86), d'après G. Kneller, par J. Smith et Miss Rachel How, tenant un pigeon, par les mêmes (C. S. 134). 2 pièces. Très belles épreuves.

51. — Anne Kynnesman, à mi-jambes, d'après Schalken, par J. Smith. 2e état. Très belle épreuve — Frances, comtesse de Salisbury, d'après Kneller, par J. Smith. 2e état — Mme Soams, d'après Kneller, assise, par J. Beckett. 3e état (C. S. nos 153, 221 et 91). 3 pièces. Belles épreuves.

52. — Lady Jane Grey (C. S. 42), d'après Fulton, par W. Ward, à genoux, la veille de son exécution — Marie, reine d'Ecosse, dans son oratoire, d'après les mêmes. 2 pièces. Très belles épreuves.

53. — J. Ashhurst, d'après J. Plott, par J. Jones. Très belle épreuve au pointillé.

54. — Lord Duncan-Forbes, d'après d'Avison, par Faber — James Foster, d'après Wills, par van Bleeck. 2 portraits. Belles épreuves.

55. — Dr Benjamen, Hoadly, archevêque de Winchester, représenté assis, en grand costume, d'après W. Hogarth, par Baron, 1743. Belle épreuve avec marges.

56. — William King, professeur au collège d'Oxford, d'après Williams, par Faber. Belle épreuve.

57. — Streger Lawrence, Major général et commandant en chef dans les Indes, d'après J. Reynolds, par R. Purcell (C. S. 50). Très belle épreuve.

58. — Horace Nelson, d'après la miniature de Légkorn, par Laurens, médaillon ovale au pointillé. Belle épreuve. Rare.

59. — Richard Penderill, d'après Zoust, par R. Houston, ovale en manière noire (C. S. 88). Très belle épreuve.

60. — Dorset (Lionel Cranfield Sackville, duc de), à mi-jambes en grand costume, d'après G. Kneller, par G. Vertue. Superbe épreuve.

61. — Georges Stanhope, professeur en théologie, d'après Ellys, par Faber. Belle épreuve (C.S. 336, 1er état) — Sir James Thornhill, peintre célèbre, d'après Highmore, par Faber. Très belle épreuve (C. S. 345) — Thomas Wallace, d'après T. Clarke, par C. Turner. 3 portraits à la manière noire.

ÉCOLE ANGLAISE (Ant. van Dick)

62. — Anne, comtesse de Bedford — Anne Sophie comtesse de Carnarven — Elisabeth Castelhaven — Lucie, comtesse de Carlile. 4 portraits par Lombard. Belles épreuves avec marges.

ANGLETERRE

63. — G. Kneller. 11 portraits : lords, chancelliers, barons, gravés par G. Vertue. Belles épr.

64. 73 portraits divers.

PORTRAITS AUTRICHIENS

65. — **KUNT** : Marie Thérèse, Impératrice reine de Hongrie par C. Macret, gravure en stipple, les chairs imprimées en couleur. Rare.

AUTRICHE

66. — Léopold II, d'après Kreiringer, par Dormer, médaillon ovale au pointillé — Joseph II, en pied en grand costume, avant les lettres sur le papier qu'il tient à la main, et la devise au-dessus des armes sur le fauteuil. Très rare. 2 portraits, très belles épreuves, le dernier sans marges.

67. — Joseph II, en buste, de 3/4 dirigé à gauche, d'après Kimly, par Schulze, 1er Etat avant la lettre — Joseph II, en pied et en grand costume sous un perystile, d'après G. Herreyns, par A. Cardon, 1783. 2 pièces, très belles épreuves.

68. — François Ier, empereur, en pied, en grand costume de colonel des hussards, au second plan son état major, d'après Krafft, par Rahl, in-folio — François Ier, en buste, d'après Zabuernix, par J. Godby, au pointillé. 2 portraits, belles épreuves.

69. — Kaunitz (Venceslas Antoine, prince de), Conseiller de l'Empereur, par A. Pazzi, in-folio. Superbe épreuve.

70. — Matie-Thérèse, reine de Hongrie, en buste d'après M. de Meytens, par Petit. — Marie-Thérèse, en buste, d'après V. Gozzin, etc. V. Gozzini, par Garavaglia 1822. Deux portraits, belles épreuves, la première pliée.

71. — 33 portraits; rois, princes, ministres, etc.

BELGIQUE

72. — Nicolas Van der Noot, conseiller du roi, d'après P. de Olim, par J. Bartolszzi. Très belle épr.

72 *bis*. — 26 portraits : peintres, sculpteurs, rois, etc.

ESPAGNE

73. — Carlos III, roi d'Espagne et des Indes, d'après Mengs, par Carmona, en armure et tenant son bâton de commandement. Superbe épreuve; Philippe V, d'après Vivien, par C. Vermeulen. Deux pièces.

74. — Carlos IV, roi d'Espagne et sa famille, dans un médaillon circulaire donnant 7 profils, par Donas. Belle épreuve.

75. — Isabelle Claire Eugénie, Infante d'Espagne, en religieuse, par Corneille Visscher. Superbe épreuve. Rare.

76. — Zuniga. (Jean Dominique de) Marquis de Tracona, etc, en armure, par G. Coques, gravé par Bouché. Belle épreuve.

77. — 44 portraits: rois, reines, ministres, religieux, etc.

78. — **Portraits gravés en Hollande.** — (Van Sompel et Suyderhoef). Albert 1er, Albert II, Frédéric III, Ferdinand III et Frédéric IV, 3 par Suyderhoef, plus le titre de la série; 6 pièces. Très belles épreuves.

HOLLANDE

79. — Guillaume Carel, Guillaume III Pce d'Orange, Marie-Louise de Hesse-Cassel. 3 portraits d'après Sanders, gravés par P. Tanjé. Très belles épreuves.

80. — Guillaume Ier Prince d'Orange, Guillaume II Pce d'Orange, Guillaume de Haren d'après Akkéma, Jean Plantin, imprimeur célèbre, 4 portraits par P. Tanjé. Belles épreuves.

81. — J. Maestertius, d'après Van Nègre, par Suyderhoef. Belle épreuve.

82. — Constantin Huygens — Ambroise Spinola — Henri Geldorpius. 3 portraits par Vesterman et Crispin de Passe. Belles épreuves.

83. — Léeuwen (Gerbrand van), d'après A. Boonen (R. D. 239), par Edelinck, 2e état. Belle épreuve.

84. — P. P. Rubens, Philippe Rubens, Juste Lips, Ugo Grotius, réunis autour d'une table, par Fd Grégori. Belle épreuve.

85. — **DELFF (Willem-Jacobsz).** — Marcus Antonius, archevêque Palatin — Harboldus de Tomberg — Hans de Ries — Jean Oldenbarnevelt — Hugo Grotius. 5 p. Belles épreuves, d'après M. Mirevelt.

86. — Bavière. Frédéric-Henri, comte Palatin du Rhin, duc de Bavière, d'après Mirevelt (F. 12). Très belle épreuve.

87. — Le même personnage. Superbe épreuve, rognée.

88. — Mansfeld (Ernest, comte de), d'après M. Mirevelt. Belle épreuve doublée et déchirée.

89. — Culenborch (Catherine, comtesse de), d'après M. Mirevelt. Superbe épreuve, 2 déchirures.

90. — **BLOOTELING (Abraham).** — Henri Van Born, pasteur d'Amsterdam, d'après Maes. Très belle épreuve à la manière noire.

91. — Flinck (Govaert), peintre, d'après P. Zyll. Belle épreuve, un coin refait.

92. — Nassau (Henri-Casimir, comte de), d'après M. Musscher. Très belle épreuve.

93. — **HOUBRAKEN (Jacques).** — Nicolas Verkolie — J. G. Heineccius — Jean-Scipion Vernède — Simon Eikelenberg. 4 portraits. Belles épreuves.

94. **VELDE (Jean var de).** — Zaffius (Jacob), archidiacre de Harlem, d'après F. Hals. Belle épreuve.

95. **SUYDERHOEF (Jonas).** — Sibelius (Gaspard), d'après Frans Hals. Belle épreuve, rognée.

96. — 50 portraits divers : sculpteurs, architectes, rois, hommes d'Etat, etc. Très bon lot.

97. 60 portraits : théologiens, médecins, guerriers, comtesses, d'après Van Dyck, etc. Bon lot.

98. — 60 portraits divers : peintres, théologiens, docteurs, etc.

99. — 144 portraits : peintres, hommes d'Etat, guerriers, etc. Lot très intéressant.

N° 134 du Catalogue.

ITALIE

100. — Chigi (Bérénice), d'après J. de Rubeis — Farnèse (Alexandre) — Lunardi (Vincent), aéronaute. 3 portraits. Belles épreuves.

101. — Bardo Bardi Magalotti, d'après de Largillière, par C. Vermeulen. In-folio. Très belle épreuve, déchirure en haut à gauche.

102. — F° de Marchi Bolognese — F^ois de Médicis — Madame Osorio de Velasco. 3 pièces, d'après Gandolfi, Rubens et Largillière. Belles épreuves, la dernière à la manière noire.

103. — Otthobonus (Pierre, cardinal) — Paoli (Bernard, cardinal) — Pisani (Aloys). 3 portraits d'après Trevisiani, Ghezzius et Piazzetta. Belles épreuves.

104. — L'Abbé Zani, d'après Denon. Epreuve portant l'approbation du chef de la librairie. Belle épreuve. Rare.

105. — 89 portraits : artistes, hommes d'Etat, papes, cardinaux, etc.

106. — 88 portraits : artistes peintres, graveurs, papes, etc.

PERSES, TURCS

107. — 6 portraits.

POLOGNE

108. — 14 portraits : rois, ministres, etc. Plusieurs rares.

PORTUGAL

109. — 8 portraits intéressants : rois et reines, hommes d'Etat, etc.

RUSSIE

110. — Pierre Ier, par St-Aubin ; Potemkin.

SUEDE

111. — Gustave Adolphe, d'après Mirevelt, par G. L. Crusius. Belle épreuve.

112. — Gustave III, roi de Suède, aquatinte, imprimé en sanguine. Belle épreuve, rognée.

113. — **LOMBART (P.)**. — Christine, reine de Suède, d'après Le Beck. Superbe épreuve, petites marges.

114. — Christine — Gustave Adolphe — Charles Gustave — de Bildt — J. Oxenstiern — Jean Casimir, 2 épreuves — Sigismond III. 8 portraits rares.

SUISSE

115. — Keller (Jean-Balthasar), fondeur, par Jean-Jacob Kleinschmid. Superbe épreuve sans marges.

116. — Keller (N.), femme du précédent, à mi-jambes, assise, par P. Drevet, (D. 77) 3e état. Très belle épreuve avec marges, d'après H. Rigaud.

117. — De Resenval — Ch. Bonnet — Lavater — Ch. Bonnet — J. F. Helvetius — F. Inuera — Gessner, 3 p. — J. J. Surbeck — J. Grynaeus — J. Frey — Fauche-Borel — Licet — Lavater. 15 portraits, plusieurs rares.

PORTRAITS FRANÇAIS

LONGUEIL (J. de), d'après C. N. COCHIN fils

118. — Marie-Antoinette, dans un ovale enguirlandé, posé contre un fond orné de caissons à fleurs de lys (R. Gower, 252). Belle épreuve, petites marges.

ISABEY (J.)

119. — Marie-Louise, gravée en couleurs par Monsaldy. Superbe épreuve avec le cachet d'Isabey.

120. — Le Roi de Rome dans son berceau, gravé par Benoist J[e]. Superbe épreuve en noir, avant lettre.

SWEBACH

121. — Joseph Napoléon, roi de Naples, par Payen. Epreuve en partie imprimée en couleurs.

122. — Compositeurs. 8 portraits

123. — Académiciens, écrivains. 73 portraits.

124. — Femmes célèbres, princesses, religieuses, actrices. etc. 45 portraits.

125. — Lieutenants-généraux, maréchaux, généraux, etc. 64 portraits.

126. — Médecins. 10 portraits.

127. — Ministres, conseillers du roi, présidents du Parlement, etc. 120 portraits.

128. — Papes, ecclésiastiques, fondateurs d'ordre, etc. 103 portraits — J. B. Bossuet, P. de Marca, Ant. Arnaud, Vincent de Paul, G. de la Forge, Santeuil, Sillery, Gobinet, E. Tessier, Furetière, Bignon. 11 portraits par Edlinck — Oswald, cardinal d'Auvergne, A. G. de Rohan, L. Delamet. 3 portraits par Drevet — Hardouin de Péréfixe de Beaumont, par Ant. Masson – F. de Clermont, évêque de Novion, F^ois de Nesmond, F^ois Servieu, Cardinal Mazarin, 2 différents. 5 portraits par Nanteuil. En tout 20 portraits intéressants.

129. — Peintres, sculpteurs, graveurs, imprimeurs. 66 portraits.

130. — Révolution française. 63 portraits par Déjabin, Fiesinger, etc.

131. — Rois, princes. 32 portraits.

DESSINS ANCIENS

ÉCOLE ALLEMANDE DU XVe SIÈCLE

132. — 2 feuillets manuscrits par un enlumineur de cette époque. Belles pièces.

MAITRE ALLEMAND DU XVe SIÈCLE

133. — Evêque ou saint tenant une épée formée de texte allemand ; texte qui entoure également les contours du personnage auréolé. Sur vélin. Curieuse pièce.

MAITRE AU MONOGRAMME N. M. D.

(Nicolas-Manuel Deutsch)

(1484-1530)

134. — Un martyr attaché par les mains à sa croix; le fond, au 3e plan, offre la vue de hautes montagnes, tandis que le 2e est formé d'un haut rocher surmonté d'une tour; au 1er plan, plusieurs fabriques et un pont à 3 arches. Signature en bas sur une pierre, sur laquelle se voit un poignard. Dessin à la plume d'une magistrale exécution.

DURER (Albert)

135. — Paysage agreste; en bas, à droite, petit monastère de moines. Plume.

136. — La Vierge et l'Enfant Jésus font bon accueil à Saint-Jean-Baptiste; au fond, personnages causant. Plume. Le monogramme se voit en bas. Collection du baron Denon.

137. — M. Luther, debout, portant un livre.

138. — Le Christ descendu de la croix est soutenu par un pape et par un ange; au-dessus la colombe du Saint-Esprit, au fond la croix Dessin à la plume d'un grand caractère.

139. — La Vierge debout portant l'Enfant Jésus sur le bras gauche. Très beau dessin.

140. — Deux croquis à la plume, femmes en pied. Sur papier à la tête de bœuf.

HOPPFER (D.)

141. — Un personnage à genoux offre un vase précieux à un souverain. Beau dessin à la plume.

SCHOEN (Martin)

142. — 3 personnages devant un autel, sur le haut duquel 2 personnages sont agenouillés de chaque côté d'un autre debout. Curieux dessin à la plume.

ÉCOLE ESPAGNOLE. — MURILLO

143. — La Vierge et l'Enfant. Sanguine.

ÉCOLE DE BOURGOGNE (XVe siècle)

144. — Le Christ est entouré de soldats, dont un lui tire les cheveux. Dessin à la plume d'un grand caractère.

ÉCOLE FRANÇAISE. — DE BOISSIEU

145. — Intérieur d'une cave. 6 personnages, dont l'un descend par une échelle attenant au soupirail. Belle pièce, plume et sépia, encadrée.

146. — Femme assise, dirigée à gauche, et tenant un vase. Mine de plomb et sépia.

BOUCHARDON (E.)

147. — Un saint porté en triomphe par deux anges. Sanguine. Collection Mariette.

BOUCHER (François)

148. — Scène militaire. Energique dessin à la sépia.

149. — Etudes de femmes, enfants, vieillards et mains. Crayon noir et rehauts de blanc. Bonne pièce.

150. — Têtes d'études, main, enfants et vieillard. Pierre noire et rehauts de blanc. Belle pièce.

151. — Les oracles consultés. Très beau dessin à la pierre noire avec rehauts de blanc.

CARESME

152. — Triomphe d'une déesse montée sur un char traîné par des lions ; au fond, temple de l'Amour et personnages sacrifiant au dieu Pan. Beau dessin, plume et sépia, encadré.

CHALLE, Architecte

153. — Fontaine représentant la Navigation, assise sur une proue de navire, décorée de dauphins et d'hommes relevant des filets. Plume et sépia. Excellent dessin.

COCHIN (C. N.)

154. — La couronne est offerte au vainqueur des Jeux olympiques. Magnifique aquarelle in-folio.

155. — Tête de femme en bonnet, dirigée à gauche. Dessin à la sanguine.

CORNEILLE (Michel)

156. — Vision de Saint-François-d'Assise. A la sépia. Belle pièce.

157. — Jésus chez Marthe et Marie. Plume et sépia.

158. — Jésus trouvé au milieu des Docteurs.

159. — Etudes d'amours. Sanguine.

160. — Tête de jeune fille, aux crayons de pastel.

COUSIN (Jean)

161. — Le Père Eternel entouré d'anges et d'archanges. Très bon dessin, encadré.

DUCREUX

162. — Portrait de femme, de face, haute coiffure Louis XVI, grandeur nature. Très bon dessin.

FRAGONARD (Honoré)

163. — Amours assis, couchés ou debout, sous une voûte. Sépia, superbe pièce encadrée.

164. — 2 croquis. Plume et sépia.

GILLOT (Claude)

165. — Sur la gauche, sous le péristyle d'un palais, un prêtre reçoit les offrandes aux Dieux ; à droite, Bacchus ivre, à cheval sur un bœuf, est traîné en triomphe par une assemblée de faunes et de nymphes. Très bon dessin du maître de Watteau.

GRENIER (F.)

166. — 1 gravure. Le Mauvais Sujet et sa Famille, par Jazet. Belle épreuve, mouillures, encadrée.

HUBERT-ROBERT

167. — Personnages sous la colonnade d'un palais. Superbe piece au crayon, encadrée.

168. — Tombeau du Pape Clément XI. Très belle pièce à la sanguine. Coll. Mariette.

JANINET (F.)

169. — Les 3 Grâces, d'après Pellégrini, 2e état avec la guirlande. Très belle épreuve montée en dessin, encadrée.

JEAURAT

170. — Dame assise, dirigée à gauche, cousant. Pierre noire et rehauts de blanc.

LA FAGE (R.)

171. — Entrée d'Alexandre dans Babylone. Belle pièce.

LANCRET (N.)

172. Etude de femme couchée, dirigée à gauche, à la pierre noire rehaussée de blanc ; au verso, une étude pour la Cage symbolique, ou les Amours champêtres. Belle pièce.

MILLET (Francisque)

173. — 2 Personnages traversant une forêt ; au 1er plan, un autre se repose, le fond offre la vue de hautes montagnes et d'un château-fort. Plume et aquarelle. Très belle pièce encadrée.

MONNET

173 *bis*. — Salmacis et Hermaphrodite. Gouache originale. Nous y joignons la gravure.

PUJOS

174. — Portrait de femme âgée, du temps de Louis XV. Crayon noir et sanguine.

SAINT-AUBIN (Aug. de)

175. — Renaud dans les Jardins d'Armide. Plume et aquarelle. Très précieux dessin de ce maître élégant.

SAINT-AUBIN (Gab. de)

175 *bis*. — Jeune femme nue sortant du bain, assise sur un canapé où 2 suivantes se préparent à lui faire sa toilette; à droite, derrière un paravent, un abbé semble écouter. Très importante aquarelle de ce spirituel artiste.

TRINQUESSE

176. — Jeune femme, dirigée à gauche, assise sous les arbres et gravant des initiales sur le tronc de l'un d'eux; au fond, à droite, apparaît la tête d'un jeune homme. Très belle pièce à la pierre noire.

VANLOO (C.)

177. — Etudes de bras droit de femme, orné d'un bracelet, dont la main tient une cuillère à café et dont la main gauche tient la tasse; une autre étude de main. Très beau dessin de ce maître. Collection Fort.

178. — Tête d'homme du temps de Louis XVI, de face. Aux crayons de couleur.

179. — La Sépulture. Dessin à la sanguine.

WATTEAU (Ant.)

180. — Personnage de la comédie italienne couché, dirigé à gauche. Belle pièce à la sanguine et rehauts de blanc. Encadré.

181. — Femme assise, dirigée à droite et tenant son éventail; dessin aux 3 crayons de la meilleure qualité du maître.

ECOLE HOLLANDAISE. — JORDAENS

182. — 3 études de têtes. Conducteurs de bœufs.

OPÉNARTH, Architecte

183. — Représentation de ballet donné le 28 octobre par Mgr le Régent au Petit Trianon, à Madame la Comtesse de Parabère. Pièce rare et curieuse.

ADRIEN VAN OSTADE

184. — La mère et les 2 enfants. A été gravé dans le sens contraire (Dutuit n° 14).

ISAAC OSTADE

185. — Intérieur rustique avec fumeurs. Coll. Palla.

REMBRANDT

186. — Le bon samaritain, à la plume. Belle exécution.

187. — Etude pour le paysage à la tour carrée. Plume et sépia. Superbe dessin.

PP. RUBENS

188. — Ebauche pour orner un arc de Triomphe pour l'entrée solennelle à Anvers de Ferdinand IV. On y joint la gravure de Th. van Thulden. Dessin cité par A. Michiels. Collection Van Parys.

DAVID TÉNIERS

189. — Concert diabolique donné à St Antoine pendant que ce saint est en prière devant le Christ. A l'encre de chine.

N° 158 du Catalogue.

TH. VAN THULDEN

190. — Triomphe d'un empereur romain. Composition avec de nombreux personnages. Plume. Encadré.

A. VAN DYCK

191. — Scène d'enlèvement mythologique.

192. — Tête de jeune homme en raccourci et penchée à droite. Energique dessin aux 2 crayons.

193. — La Vierge et l'Enfant. Aux 2 crayons. Encadré.

VOS (Martin de)

194. — Le Christ portant sa croix et gardant ses brebis. Plume et encre de chine. Collections J. Duparc et Duval de Camus. Encadré.

NICOLO DEL ABATE

195. — Plume et sépia.

ÉCOLE ITALIENNE

196. — 3 dessins à la plume représentant le chevalier Pierre Léon Ghezzi dans différentes attitudes.

G. F. BARBIERI

197. — Paysage montagneux boisé et avec un pont et quelques personnages.

198. — Groupes de personnages assistant à l'arrivée des barques dans un port à rade foraine.

BIBIÉNA

199. — Décoration théâtrale. Sanguine et sépia.

BOLOGNE (Jean de)

200. — Gladiateur tenant d'une main la tête d'un guerrier. Dessin pour une statue.

BONASONE (G°)

201. — Personnages et animaux. Encadré.

BRUSASORCI

202. — Scène de carnage. Belle et grande pièce. Encadré.

POLYDORE DE CARAVAGGIO

202 *bis*. — Frise, plume et sépia. Très bon dessin.

CARLO SIGNANI

203. — Femme drapée, avec études de bras. Belle pièce. Encadré.

BUONAROTTI (Michel-Ange)

203 *bis*. — Académie à la plume.

203 *ter*. — Académies.

203 *quarto*. — Académies d'hommes. Plume. Superbe dessin.

CESARE D'ARPINAS (dit Le Joséphin)

204. — Martyre de Saint-Etienne. Plume et sépia. Encadré.

CAMBIAZZO

205. — Les 4 âges. Collection Vallardi de Florence. A la plume.

LE CORREGE

206. — Faune lutiné par des femmes dont l'une lui joue de la flûte dans l'oreille. Sanguine.

FARINATI (Paul)

207. — L'Enlèvement d'Europe.

FRANS FLORE

208. — Combat d'hommes nus. Collections Gault de Saint-Germain et J. Duval le Camus.

BENOZZO GOZZOLI

209. — Personnages debout. Curieux et précieux dessin à la plume.

CARLO MARATTI

210. — L'enlèvement des Sabines. Beau dessin.

LE PARMESAN

211. — La Circoncision. A la plume et encre de chine, rehaussé de gouache. Important dessin.

212. — La Vierge tenant l'Enfant-Jésus. A la pierre d'Italie. Collection du marquis de Gasc.

PERINO DEL VAGA

213. — Neptune sur son char. Plume, 2 croquis.

SEB. DEL PIOMBO

214. — Personnages s'entretenant ensemble. Plume d'une belle exécution.

PERUGIN

215. — Moine auréolé en prière.

J. B. PIAZZETTA

216. — Tête de vieillard, de 3/4.

PORDENONE

217. — Gueux et mendiants.

F° PRIMATICCIO

218. — Académie peinte. Encadré.

219. — Vénus et l'Amour recevant des présents. Excellent dessin à la sanguine.

RAPHAEL D'URBINO

220. — 3 Études de Vierge et Enfant-Jésus. A la plume.

ROMAIN (Jules)

221. — L'Adoration des Mages ; dans le haut, les anges chantent, entourés d'un nuage. Dessin à la sépia, frappé du cachet de la collection Vallardi, de Florence.

ANDRÉ DEL SARTO

223. — Personnages nombreux recevant la bénédiction. Collection Vallardi, de Florence.

224. — Jeune homme, dirigé à gauche et présentant un vase. Collection Robert Udney.

TINTORET

225. — 2 études à la plume. Croquis pour tableaux.

TIÉPOLO (D^{o})

226. — Centaure à cheval, tenant une massue ; au fond, entrée d'une ville fortifiée. Plume et encre de Chine. Energique dessin, encadré.

TIEPOLO (J. B.)

227. — Etude pour un plafond. Très bon dessin — Une autre étude à l'aquarelle et plume de D^{o} Tiépolo. Belle pièce.

VERONESE (Paul)

228. — Le Christ descendu de la croix est soutenu par les anges. Dessin d'une belle exécution. Plume et sépia.

ZANETTI ?

229. — Déesse assise, dirigée à droite. Collections Caylus, John Barnard, Baron de Triqueti.

ANONYMES

230. — Le Christ dans les nuages, tenant sa croix et bénissant un religieux. Peinture sur papier, encadrée.

231. — Le Christ descendu de la croix est enseveli par deux apôtres et la Vierge. A la plume. Très belle pièce.

VANNUCCHI (Andrea)

232. — Etude pour 2 apôtres debout. Belle pièce, encadrée.

VECELLI (Titiano)

234. — Archange aux ailes déployées. Encadré.

LIVRES

235. — Les Vitraux de la cathédrale de Tournay, par J. B. Caperonier. Lith. par J. de Keghel.

Album in-folio des 14 pièces. Bel exemplaire.

METZ (C. M.)

236. — Imitations of Ancient and modern drawings from the restoration of the Arts in Italy to the présent time, together with a chronogical account of the Artists, and strictures on their works in English and French. Londres : Printed for the Author, Thayer-Street, Manchester Square, 1798.

Superbe exemplaire cartonné sur papier Wathmann, rare et complet.

RUBENS (P. P.)

237. — Pompa Triomphalis introitus Ferdinandi Austriaci, Hispaniorum infantis, etc., in urbem Anterpiam. Anvers 1642.

Magnifique ouvrage illustré des compositions de P. P. Rubens et imprimé après sa mort. Collection A. Fort.

JACQUEMART (Jules)

238. — Les Gemmes et Joyaux de la Couronne, expliqués par Barbet de Jouy.

Bel exemplaire en veau fauve. Les deux parties reliées ensemble. 60 pièces

GÉRARD DE LAIRESSE

239. — 30 planches cartonnées de ses principaux tableaux, gravées par Klauher. Très belles épreuves.

PIÉTRO SANTI BARTOLO

240. La Colonne Antonine. 77 frises, en un album oblong cartonné.

BRULLIOT (François)

241. — Dictionnaire de monogrammes. Munich 1817. Cartonné.

CORNEILLE (Martin)

242. — Généalogies des Comtes de Flandre.

Anvers, imprimé par R. Bruneau pour B. Vrient, demeurant en la rue, dicte, la L'Ombaerde, reste à l'Escu d'Espaigne, l'an 1608. Dans sa reliure en veau.

243. — **CATALOGUE** des Estampes gravées d'après Rubens, Jordaens et Wisscher.

Paris, Jombert 1751, in-8°.

IMPRIMERIE
FRAZIER-SOYE
153-155-157, Rue Montmartre
PARIS

www.ingramcontent.com/pod-product-compliance
Ingram Content Group UK Ltd.
Pitfield, Milton Keynes, MK11 3LW, UK
UKHW021532260726
13993UKWH00004B/1955